3 1994 01424 0946

SANTA ANA PUBLIC LIBRARY

D1033706

G
SA/PL

DORA la EXPLORADORA

¡Quiero a mi mamá!

por Christine Ricci   ilustrado por Victoria Miller

SCHOLASTIC INC.
New York Toronto London Auckland Sydney
Mexico City New Delhi Hong Kong Buenos Aires

Based on the TV series *Dora the Explorer*™ as seen on Nick Jr.®

No part of this publication may be reproduced, stored in a retrieval system, or transmitted in any form or by any means, electronic, mechanical, photocopying, recording, or otherwise, without written permission of the publisher. For information regarding permission, write to Simon & Schuster Libros para Niños, an imprint of Simon & Schuster Children's Publishing Division, 1230 Avenue of the Americas, New York, NY 10020.

ISBN-13: 978-0-545-13944-1
ISBN-10: 0-545-13944-9

Copyright © 2009 by Viacom International Inc. All rights reserved. Published by Scholastic Inc., 557 Broadway, New York, NY 10012, by arrangement with Simon & Schuster Libros para Niños, an imprint of Simon & Schuster Children's Publishing Division. SCHOLASTIC and associated logos are trademarks and/or registered trademarks of Scholastic Inc. NICK JR., *Dora the Explorer*, and all related titles, logos, and characters are trademarks of Viacom International Inc. Originally published in 2009 as *I Love My Abuela!* by Simon Spotlight, an imprint of Simon & Schuster Children's Publishing Division.

12 11 10 9 8 7 6 5 4 3 2 1   9 10 11 12 13 14/0

Printed in the U.S.A.

First Scholastic printing, March 2009

Hello! Soy Dora. ¿Sabes quién es ésta? ¡Abuela, *my grandma!*
¡Yo quiero mucho a *my grandma! I love my grandma!*

¡Abuela y yo somos exploradoras! Ella me enseña cosas sobre las flores y los animales cuando exploramos juntas por las montañas y las praderas.

¡Me encanta explorar con Abuela! ¿Qué te gusta hacer junto con tu abuela?

¡Yo soy cazadora de estrellas y Abuela también lo es! ¿Sabías que Abuela me dio mi primer bolsillo de estrellas, y me enseñó a coger las estrellas?

Me parece que hay unas estrellas escondidas por aquí.

¿Cuántas estrellas ves tú? *Five!* ¡Cinco! ¡Abuela y yo podemos coger cinco estrellas! ¡Somos excelentes cazadoras de estrellas!

¿Qué tienes tú en común con tu abuela?

Abuela puede hacer tantas cosas. ¡Puede mecerse en una enredadera!

¡Puede saltar sobre los charcos de lodo y aun puede escalar un muro rocoso! ¡*My grandma* es muy fuerte y también goza de buena salud! ¡Ella me ayuda para que yo también esté fuerte y tenga buena salud!

Abuela me enseña a cuidar de las plantas y los árboles.
Cuando Abuela era niña cuidaba a nuestro amigo, el Árbol de
Chocolate.

¿Te gusta beber chocolate caliente? ¡Ésa es mi bebida favorita! ¡Abuela prepara el mejor chocolate caliente del mundo y ¡ella me va a enseñar cómo prepararlo!
¿Qué golosina deliciosa te prepara tu *grandma*?

¿A ti te gusta bailar? ¡A Abuela y a mí nos encanta bailar! ¡Cuando visito a Abuela después de la escuela, prendemos la radio y bailamos! Abuela me enseña a bailar el mambo y salsa. Además, me enseña como dar vueltas como una bailarina.

¡Siempre que aprendo un baile nuevo, *my grandma* quiere que se lo enseñe a ella! ¡Me encanta bailar con *my grandma*!

Abuela me enseña muchas cosas de la familia. Mira todos los retratos de nuestra familia que están en la pared. ¿Me ves en un retrato con Abuela?

Abuela me deja explorar el ático y el ropero de ella. Tiene la ropa y las joyas más hermosas. ¿Cuál es la que te gusta más?

¡Abuela sabe cómo hacerme reír! ¡Hace unas muecas de lo más cómicas! Aunque yo esté triste o nerviosa, *¡my grandma me puede sacar la risa!*

Vamos a reírnos juntos. ¡Haz muecas cómicas como yo!

A Abuela le encanta cuando le cuento de mis aventuras y a mí me encanta que ella me cuente de sus aventuras de cuando ella era niña. Una de las cosas que me gusta más es sentarme con ella y escucharla. Abuela es la mejor narradora del mundo.

¿Adónde te gusta ir con tu abuela? A mí me gusta que Abuela me lleve al parque de diversiones. Nos gustan las mismas atracciones. La que más nos gusta es la montaña rusa. ¿Has montado alguna vez la montaña rusa?

Abuela me dice que cuando lleguemos arriba debo gritar "¡juiiií!" Si me da miedo, ella me va a tomar de la mano. A mí me gusta montar las atracciones con Abuela.

Los abrazos de *grandma* son los mejores. Me envuelve en sus brazos y me aprieta, pero no tan fuerte. Después me da un beso grande. ¡Los abrazos de Abuela me hacen sentir tan especial! ¿Te gustan a ti los abrazos de tu abuela?

¡Todos los días son días de aventuras con Abuela! ¡Siempre hay algo emocionante para descubrir cuando estoy con ella! ¡Quiero a mi abuela! *I love my grandma!*